I0551238

SERMON

JOYEUX

DES .IV. VENS.

Se vend place du Louvre,
Chez Techener, libraire.

SOIXANTE ET SEIZE EXEMPLAIRES.

N°

Paris : MAULDE et RENOU, Imprimeurs, rue Bailleul, 9 et 11.

Sermon

Joyeux

Des .iiii. Vens.

In nomine Patriz, et Fili,
Et Spiritu Santy, Amen.
Quatuor ventus de mondo
Faciunt mirabilia,
Ie dis *in diverso mundo :*
Quatre vens au monde il y a,
Prudente affiftence, et je va
En ma brefue colation,
Vous donner l'expofition.
Pour endoctriner homme & femme,
Aucuns vous prefchent le karefme,
Les quatre temps & les auens;

Mais ie diray des quatre vens;
Lefquelz vens, comme ie gage,
Pour soufler les gens au visage,
En les faifant hafter d'aler,
Reculer & triquebaler,
Voler, tumber, saulter souuent.
Et pour vous garder de tel veut,
Ie dirai les proprietes.
Mais auant que d'icy partes,
Et que procede plus auant,
Ie vous recommande deuant
Noftre couuent qui eft oyfeulx.
Nous sommes bons religieulx,
Et bien poures moynes reigles,
Auffy chanoynes defreigles;
Vous coguoiffes affes l'affaire,
Et ne voulons iamais rien faire,
Synon boyre & chopiner,
Diner, rediner, souper,
Rire, danfer, chanter, bouter,
Soublz voftre nes, a voftre bouche;
Et puis dormir sur une couche.

En blans draps, avec la fillete
Belle, douce & mignonete.
Et pourtant, par humble manyere,
Mectes la main a l'ammanyere,
Et nous regardes, par concorde,
Des gros yeulx de mifericorde!
Voyla de quoy vous faictz requefte,
Dam Phlipot vous fera la quefte.
Mais efcoutes, si vous poues;
Car il conuyent que vous oues,
Vous, freres par commandement,
Dont vouecy le commencement:
Prions pour marchans de cheuaulx
Vendans vieulx cheuaulx & iumens,
Que sy ne sont trompeurs & faulx,
Combien qu'ilz facent de sermens,
La goute les tiennent en tourmens!
Ou la forte fieure quartaine,
Qui les tienne bien fermement,
Tout du long de la quarantaine!
Ou leur enuoye la bose a laine,
La chauldepiffe, ou la forte,

Afin qu'il n'en soyt de telle sorte.

Nous prirons pour ces gens d'eglife

Qui veulent femmes decepuoir,

Qu'on leur puiffe soublz leur chemife

D'unes bonnes verges le cul fefer.

Pour ces bouchers a groffes lipes,

Prions qui puiffent sans arès,

Eftre de leurs plus hordes tripes

A merdes iufques a iarès.

Nous prirons pour muniers, munieres

Qui derobent sactz par les geulles,

Qui puiffent choir en leurs riuieres,

Ou qui trebuchent entre deux meules.

Nous prirons pour ces barbiers

Qui font la barbe a la moytie,

Qu'ilz ayent tous les yeulx creues,

Sans en auoir nule pitye.

Nous prirons pour femmes enceintes,

Que quant viendra a enfanter

Que leurs fruictz sortent sans contrainctes,

De leurs ventres, sans mal porter.

Auffy qu'ilz puiffent enhorter

Leurs maris en telle maniere,
Qui leurs puiffent le cul froter
Pluftot deuant que par derriere.
Nous prirons singulierement
Pour toute fille de village,
Que on puiffe trouuer le moyen
Qu'elle soyt bientoft a mariage.
D'un saq a chaulx & a charbon,
Et d'un gros marteau de cheron,
D'un buleteau a la farine;
Et de la pate d'un griffon
Ayes tous la benediction. *Amen.*
Notes qu'*in diuerſo mondo*
Quatuor ventus de modo
Façiont myrabilia.
Bonnes gens, ie dis qu'il y a
Quatre vens de mode dyuerſe,
Qui chaſcun homme renuerſe,
Et font en ce monde merueille.
Et pour Dieu, que chaſcun s'efueille,
Et n'entrons point en grandz argus:
On dit qu'il y a *Zephyrus,*

Eleos, Nodue, Boreas;
Mais ces quatre vens ne sont pas
Bien suffifans pour raporter
A ceulx que ie vous veulx conter :
La premiere eft le vent du vin
Qui souuent soufle en cherubin ;
Et le second c'eft des haultz vens,
Des flaiotz & haultz inftrumens
Qui souuent font muer la cher,
Marcher, troter, glafer, gliffer.
Le tiers eft du vent de chemife,
Qui vault pirs que le vent de bife.
Le quart eft le vent de derriere
Dont on se doit tirer arriere,
A caufe du vray sentement.
Dont en fin que mon fondement
Puiffe secondement marcher,
le vous vouldray premyer toucher
Du plus souef vent de l'anee :
C'eft Bacus, Dieu de la vinee,
Qui s'aproprye a Zephyrus.
A cela n'y a poinct d'abus,

Et ce vin tant plus eft nouueau,
De tant plus atainct le cerueau;
Ce vent eft moytie froid & chault,
Y sifle, y souffle, y faict un sault;
Au premier y semble qui tonne,
S'il n'a le paffage a souhaict.
Il rend un homme de bon hect,
En sentant une odeur si bonue;
Il reconforte la personne.
Ce vent a plufieurs choffes duict:
Il engendre ioye & deduict,
Et ofte la melancolye;
Il caufe souuent qu'on s'alye,
Et qu'on faict enffans petis.
Il donne diuers apetis;
Y faict croiftre bonnes humeurs,
Comme Zephyrus faict les fleurs,
Quant y soufle moderement.
Il aguife l'entendement,
Quant y faict les doulces virades.
Il reconforte les malades.
Mais quant il n'eft bien atrempe,

Homme n'eſt qui n'en soit trompe.

Il vous faict changer le vyaire,

Et faict troubler le lumynaire.

Y faict ung homme sy hideulx,

Que d'une choſſe on en voyt deulx.

Ung homme comme un celeſtin,

Y vous en faict un cherubin.

Y faict gens chanter, parler,

Saulter, triquer, tumber, baler,

Abatre un huys, rompre une porte,

Y semble qu'un diable l'emporte,

Tant eſmeult un terible orage.

Se vent fait faire rouge rage;

Sy une femme en eſt ferue,

La clef de son con eſt perdue;

Car il abat, c'eſt choſſe prompte,

La femme en bas, puys l'homme monte.

Exemple en auon bien auant :

Lo en fut frape de ce vent

Et en recuſt tel paſe auant

Qu'on le veiſt derriere & deuant;

Et telement il chaucela

Que ces deulx filles racola.

Et tant d'aultres que c'eft merueille.

Et pourtant dont ie vous confeille

Ne prenes de ce vent qu'a poinct.

Et voyla pour mon premyer poinct

Qui touche de *ventus vinon*.

L'autre vent c'eft d'inftrumenton.

Oyez, bonnes deuotes gens,

Ce vent procede de haultz vens,

Lefquels n'ont poinct les sons hydeulx,

Mais tres doulx, tant qu'au moyen d'eulx,

Sont ieunes & vieulx refiouys.

Il auint un iour que i'oye

Se vent de flutes & de lus,

Que i'aproprye a *Deolus*;

Puys ie m'en vins, pour chofe honnefte,

Tout droict en une groffe fefte,

Ou tout chafcun faifoyt merueille.

Se vent leur soufloit a l'horeille,

Et les faifoyt saillir en hault,

Faire un tour, un souple sault.

Iamais, dont i'aie souuenance,

Ne vis plus lourde contenance
Que se vent la leur faiſoyt faire.
Un grand sot regardant l'afaire,
Les viſt aller, puys reculler,
Aucuns faiſouent les bras branler.
L'un marche auant, l'autre s'auance
Au loing; au meileu de la dance,
Se metoyt pour faire virades,
Bien montrouent qui n'eſtouent malades,
Car pas n'auoyent eſte batus
De se vent ne de ses vertus.
Tout autant de gens qui toucha,
Chaſcun d'iceulx le cul haucha.
L'un soufloyt & suet de peine,
L'autre en eſtoyt hors d'alaine,
Chaſcun en eſtoyt boutifle.
S'il euſt plus longuement soufle,
C'eſtoyt pour prendre la brigade
De ce vent qui faicl ceſte aubade ;
Depuys l'entree iuſqu'a l'iſſue,
Rend sy grand chaleur que on sue,
C'eſt un vent chault, en verite,

Plus que le soleil en efte.

Y vous faict efmouuoir les vaines,

Y faict suer entre deulx aines.

Ce vent eft plaifant inftrument,

Car y faict faire l'aiournement,

Et bref, il la coine, y me semble,

Faict metre homme & femme enfemble.

De nuict souuent y faict merueille :

Car ieunes filles y reueille,

Et sy les faict toute nuict eftre

Pour efcouter en la feneftre;

Y les faict sortir hors du lict,

Pour entendre mieulx le deduict,

Par quoy c'eft *mirabilia!*

Et pourtant ie dis qu'il y a

Quatre vens en ce monde ycy,

Dont voyela deulx, Dieu mercy !

Mais auant que soyons partys,

Fron les deulx autres partys;

Les deulx aultres seront notes,

Bien deument & bien racomptes,

Comme nous auons de couftume.

Et pourtant, en heure oportune,
Parleron du vent de chemiſſe,
Auſy froid que le vent de biſe;
Car ſouuent faict haper l'onglee,
Et faict la perſonne engelee
Qui s'en laiſſe fraper ſouuent;
Car y fault noter que ce vent
Premierement frape au regard,
Et du regard, ſe Dieu me gard!
Frape au cerueau & puys au coeur,
Et oſte a l'homme ſa rigueur,
Sa franchiſe & ſon induſtrie,
Et totalement le meſtrie.
A tort & a trauers y rue,
Y faict l'homme courir en rue;
Et paſer, en une ſaiſon,
Cent foys deuant une maiſon.
Et s'une foys il ne claquete,
Du moins il baiſſe la cliquete.
Ce vent ſouuent ſans ſoy debatre,
Faict ſoudain ung homme d'embatre,
Fraper, creſmir. par fantaizie,

Prendre fieure par ialouzie;
Car quiconques en eft soufle
D'engaigne en deuient boursoufle,
Et n'a iour, ne nuict repos.
Il eft penfif a tous propos.
Sy cuide un petit sonmiler,
Ce vent vous le faict reueiler
Et faire chafteaux en Efpaigne.
Y se rapaife, y se rengaigne;
Puys s'il efpoir aucun delict,
Ce vent le soufle sus un lict,
Et hors de la maifon l'emporte.
S'il ne peult sortir par la porte,
Y saulte, hors par la feneftre,
Et ne sauroit en nul lieux eftre,
Y le conduict, y le pourmaine,
Et deuant quelque hoftel le maine,
La ou il va compter le carreau,
En lieu de penfer son cerueau.
Y menge des poyres d'engoyffe,
Y soufre tres mauuaife engoyffe,
En craignant du vent l'accident.

Y vous eft tremblant dent a dent
Tant qui fault que par force ou loye,
Ce vent le faict chanter fans ioye.
Y va fiflant auant le vent,
Y s'eflongne & reuient souuent.
Y croquette du doy a l'huys,
Ou contre une feneftre, & puys,
Sy eft nul qui le contreuerfe,
Y vient quelque un luy renuerfe
Un pot a piffer fur la tefte.
Puys y iure, y fe tempefte.
Le mal fur mal n'eft pas sancte,
Le voyla quafy defpite.
N'eft pas une grand pitye,
Ainfy n'y a nule amytie
A ce maudict vent de chemiffe,
Et sy a bien, quant ie m'auife.
Nonobftant ie dis qu'entre nous
Aucuns le trouvent sy tres doulx,
C'eft quant il leur soufle au vifage,
En faifant le pelerinage,
Et le voyage Sainct Bezel,

On trouue la foys quelque efguet.

Tandy que se paffe l'orage,

Ce vent de chemife faict rage.

Pour finale conclufion,

Tel ne dict ioy, mal, ne son,

Qui en peult bien eftre frape ;

Virgille meme en fut trompe,

Dauid & son fils Abfalon,

Ariftote, le fort Sanfon,

Sifion en fuft circonfit,

Et bientoft apres on l'ocit;

Et pourtant n'en prenes qu'a poinct,

Et voyela pour noftre aultre poinct.

De la derniere colation,

Seigneur, pour refolution

De notre partye derniere,

Toucheron un vent de derriere,

Que i'aproprye a *Boreas*.

Ce vent soufle toufiours en bas,

Rendant souuent un bien lect ton;

Mais il reuient vers le menton,

Fraper tout droit a la narine,

Sentent plus fort que poix refine,

Procedant de bruyne efpoiffe.

Ce vent a deulx noms : pet & veffe.

L'aultre pet donc n'a pas science,

Ie vous diray la difference.

Saches qu'il produict d'un eftroict

Bien chault & qui tire vers le froict,

Et quant froid & chault sont enfemble,

Volontiers tonne, se me semble.

Auffy, quant ce vent s'entonne,

Y semble proprement qu'il tonne,

Ou y refemble a la trompete;

Adonc, dict on que ce vent pete.

Mais quant y soufle doulcement,

Sans rendre son aucunement,

On l'apelle le vent de veffe.

Sy ie nomme leur non, qu'en effe?

Les parolles ne sentent pas.

Se nonobftant soyt hault ou bas,

Touches de ses deulx vens, penfes

Qui sont tous deulx puans affes,

I'en eutz le sentement orains.

Ce vent procede vers les rains
Tyrant deuers roye & cuyfi.
Entendes bien, il eft ainfy
Que luy plain de layde bruyne,
En paffant vient une ruyne
Et une pluye mout efpoueffe,
Et pour cela, bonnes gens, effe
Que sy puant sentiment.
Adont y soufle rudement,
Et s'efmeult un cruel orage,
Qui luy faict faire rouge rage;
Mais la bruyne chet en bas,
Et ceffe ainfy que Boreas.
Et pour ce dict on bien souuent
Petite pluye abat grant vent.
Ce vent eft doulx, mais nonobftant
Il eft sy fort et sy puant
Que nous en sommes bien tennes
Aufy tot qui nous frape au nes.
L'un en dict fi, & l'autre en crache.
Entendes, ie veulx bien c'on sache:
Sy soufle en bonne compaignye,

Chafcun le faict, chafcun le nye,
Et faict tirer les gens arriere
Aufy tot qui sort du deriere.
Sy soufle entre deulx amoureulx,
Chafcun des deulx en eft honteulx ;
Sy soufle entre l'homme & la femme,
Y repute l'un l'autre infame,
Et mefmement, sy s'eft au lict,
Il empefche l'amoureulx delict ;
Car la femme sentant se vent
Eflongne son mari souuent,
Elle boute du premier sault
La tefte hors, le bec en hault.
Et pourtant sy se vent sentes
Eftoupes, vos nes, & notes
Que les quatre vens defus ditz.
Sont dangereux, ie le vous dictz,
A sentir oultrageufement,
Et pourtant au commencement
De cefte predication,
Ay prins pour ma fondation :
Quatuor ventus de mondo

Facient myrabilia.

Ie dis qu'*in diuerso mondb*

Quatre vens au monde il y a.

Ainfy vous serez qu'il y a

Quatre vens souflans a tous nes.

Gardes vous en, sy vous voules,

C'eft cela que ie vous confeilles.

Ie vous en ay compte les merueilles

Et les maulx pour elles auenus.

Ie prie a Bacus & Venus

Que d'iceulx soyons abfentes.

Finalement saultes, gouftes,

Notes & retenes mes dis;

Que Dieu vous doinct son paradıs!

FINIS.

BIBLIOTHEQUE ROYALE

www.ingramcontent.com/pod-product-compliance
Lightning Source LLC
Chambersburg PA
CBHW061746180626
46818CB00006B/2775